KB265092

검은 발목의 시간

검은 발목의 시간

검은 발목의 시간

최미정 시집

문학들

꽃들은 어디로 갔는가

부재 속에서 물음은 시작되었다

2013년 여름
최미정

차례

5   시인의 말

제1부

13   안과 밖

15   목련

16   pushpin 램프

17   민들레

18   노을 소리

19   동백

20   시간

22   연목구어緣木求魚

24   자동 유리문

25   꽃의 무게

26   얼굴로 무언가를 나타내려 하지 말고
       브루스, 댄 그리고 다른 이들을 춤추라

28   황사

제2부

31 앤틱 경대

32 양파링

33 stay

34 햄스터의 집

36 하지

37 송풍기는 강물을 돌리고 있다

38 수련

40 창고형 할인 마트

42 분수

44 처소處所

46 비눗방울 이벤트

48 아베마리아

제3부

51	정오1
52	정오2
53	정오3
55	정오4
56	정오5
57	정오6
58	정오7
59	정오8
60	정오9
62	정오10
63	정오11
65	정오12

제4부

69 부적1

70 작두

71 나리꽃

72 꽃살문

73 봄밤

74 난시의 여름

75 세상물어世上物語

76 무화과나무

77 검은 발목의 시간

78 the day after

80 여자

82 겨울나무

84 분홍빛 담장

86 생일

제5부

89   토르소

90   옹기의 아가미

91   남천

92   그날의 인어공주

93   메니에르

94   명왕성 꽃밭

96   간지를 훔치다

98   자정의 텔레비전

100   화성 식료품

102   스트라이프

104   폭설

106   나비를 위한 알리바이

108   **해설** 분해의 변증법_ 박수연

제1부

안과 밖

안방에서, 신발을 신고, 점심을 먹는다
사랑을 하고, 아이를 낳고
아침저녁 쓸고 닦았던 방에서
이삿짐센터 사람들 틈에 끼어 앉아
남처럼, 식어가는 군만두처럼, 밥을 넘기고 있다
신발은 앞부리가 벗겨져 있고
오른쪽 굽이 조금 닳아 있다
나는 위에서 신발을 내려다보는데
저는 아래에서 나를 올려다본다
물집 터져 찌죽찌죽해진 입술 가장자리
마지막 섹스는 미진하고 쓸쓸했다
실밥이 터진 채 색이 바랜 신발이
앞뒤 좌우 살펴보고 있는 나를 올려다본다
고개를 창가로 돌린다
햇살 자루 속 먼지들이 탭댄스를 춘다
연습을 못하고 무대에 오른 댄서의 스텝이 엉킨다
댄서가 무대 아래로 끌려 내려간다
신발 끈이 풀어지고

사람들 목소리도 늘어져 아득해진다
신발이 잔뜩 널브러져 있는 문간처럼
마음이 어두워져 온다

짐이 다 나가고
현관문 앞에서 문득, 신발을 벗고 있는 나를 발견한다
맨발인 채로 나는 세상으로 나간다

목련

밥수레 뒤에 긴 복도가 따라간다
시커먼 벽에 그림자 놀이하듯
잡채의 김이 앞서거니 뒤서거니
병사 둘을 따라간다
공기 뚜껑만큼 백반증이 드러난 병사가
밥을 가지고 온다
하얀 연두부에 양념장이 선명하다
창 너머 간호장교 서넛 깔깔거리고 간다
뒷걸음치다 출입금지 저지대를
엉덩이로 들이받는다
덜그덕 쾅, 까르르 까르르
빡빡머리 수두 환자 물집에 발라 놓은
칼라민 로션이 잘게 부서져 날린다
분홍빛 춘설春雪 은분분
늙은 뱀의 의심 많은 눈꺼풀이 닫혔다 열린다
경비병이 몇 걸음 앞서 나온다
목련이 서둘러 꽃잎을 연다

pushpin 램프

개구리처럼 납작 엎드려
오른쪽 다리를 최대한 높이 올려본다

혀끝에서 맴도는 이름이
소리의 발자국에 갇혀 있다

떠도는 그림자들의 혼이
탭댄스를 춘다

몇 달 전 잃어버린 핸드폰 걸이 카드키에
소리 없이 눈이 쌓인다

눈雪을 보고 있던 눈目에 날개가 달려
날개의 근육이 더욱 단단해져 간다

새벽녘 침대에 숨어 들어온 차디찬 손이
마른 음부를 만진다

민들레

집 나갔다 돌아와서 뒤를 허락한다
앞에 있는 불편한 진실
두 눈을 똑바로 뜨고 치러야 하는 전면전 대신
어둠을 빌어 뒤를 용인한다
입을 다물기로 한다
신음소리도 안 된다
소리가 소리를 불러 여린 둑이 터질지도 모른다
몸을 놀리는 척한다
몸이 몸을 불러 몸을 들이는 일이
습관 때문인지, 망각 때문인지
그 간극으로 홀씨들이 날아다닌다
개돼지처럼 뒤를 타는 것을 묵인하고 있는 그녀,
못이 헐거워진 가로등이
간간이 흔들거리며 쳐다본다

해인사 부도전 앞, 민들레
노란 압정이 되어 더 깊이 땅에 박힌다

노을 소리

송전탑 위에서 벌레를 받아먹는 딱새의 목젖이 발갛
다 어미 새가 숨을 고르는 사이, 119구조대 사다리차
계단에 자폐아가 발을 올려놓는다 구경꾼들이 박수를
친다 길 끝에서 고양이는 손톱을 감춘다 오래 달고 있
던 방울에 지문이 스친다 할머니 뒤돌아서서 일생의 노
역으로 굳어져 가는 등을 나무둥치에 찧는다 쪼글쪼글
해진 젖꼭지가 달랑거린다 말라붙은 나무껍질이 떨어
진다 전화벨이 울린다 연거푸 두 번, 길게 그림자를 끌
고 간다 큰 비 오고 난 뒤, 마당에는 제멋대로 길이 나
고 지렁이 두 마리 물길에서 비켜나 말라가고 있다 사
과밭에서 사과가 떨어져 굴러간다

동백

한밤중, 누군가 문을 두드렸다

창밖은 붉게 물들어 있었다

구멍 난 창호지 사이로

뜨거운 불빛 하나 뻗어 왔다

아버지는 열쇠 꾸러미를 들고 나가셨다

이불 속에 나란히 발을 묻고

식구들은 회벽에 기대어 앉았다

밤은 길었다

가끔 고개를 돌려

하얀 벽에 새겨진 머리통의 크기를 재 보았다

그림자가 엷어지면서

웅크린 어깨선도 무너지고

바람에 실려 조금씩 그을음이 날아왔다

한낮이 되어서야 아버지는 돌아오셨다

싼내 가득 안고, 화부처럼

아무 일도 없었다는 듯

아버지는 화단에 고운 모래를 깔고

열을 지어 동백 잎사귀를 묻으셨다

시간

모래시계 속에서 스르륵 모래가 흘러내린다
허망하게 제 시간을 갉아먹는다, 그 뒤에서
붓을 잡고 있는 손이 떨린다
공룡의 턱뼈에 앉은 모래를 서서히 쓸어내린다
모래가 쉽게 쓸어내려지지 않는다, 턱 선이 무너진
얼굴에서 떨어진 땀방울에 모래가 옹알옹알 붙는다
모래가 마를 때까지 기다려야 한다
지금껏 기다렸던 것 아닌가
투그르깅쉬레* 모래 둔덕에서
공룡의 부활을 기다린다
바람 한 점 불어와
세기의 비늘 한 꺼풀 벗겨내지 않는다
천지를 떠돌다 이 언덕으로 스며들어와
뜨겁게 달아오른 모래, 벼랑이 무너진다
물의 기미를 찾아 뿌리를 내렸던
풀 몇 포기도 허망하게 같이 떨어진다
멀리 신기루 속에서
터벅터벅 낙타가 걸어온다

그 리듬 그대로 붓질을 한다
한 번의 붓질로 씻어 내리는 시간이 너무 무겁다
손이 떨려온다
공룡의 마른 턱뼈가 예민하게 흔들려 온다
턱뼈에 붙은 이빨이 오소소 떨어져 나간다
도로 아미타불이다
모래를 덮는다
억년의 시간 속으로 공룡이 다시 걸어 들어간다

* 몽골 공룡 화석 발굴 탐사지

연목구어緣木求魚

산을 오르는 발목이 없다
황소개구리 울음소리도 멈췄다
뚬벙은 바닥이 드러났다
경사진 물웅덩이에 남아 있는 물고기들
비늘이 벗겨지도록 파닥거리고 있다
부레에서 조금씩 공기가 빠져나가고 있다
한 번도 본 적 없는 사촌오빠,
할아버지가 만든 저수지에서
얼음을 지치다 빠져 죽은 이야기를
오늘에야 듣는다
(   )
그는 어차피 없었다
우리가 입 밖에 내지 않는 비극의 단초
가계도의 칸 하나가 그려졌다, 비워졌다
물가에 보내지 말아라
끝이 말라붙은 넝쿨들 사이
섬세하게 입가에 주름이 진 호박꽃잎
무릎에 물이 차 산을 오를 수 없다

이 근방이라던데,
뼛가루처럼 하얀 먼지가 내려앉은 감자밭을 지나
폐쇄된 약수터를 찾아다닌다
떼 지어 말라죽은 지렁이들
발을 디딜 곳이 없다.

자동 유리문

겨드랑이 살 내음이 맡아지면
열린다, 아무도 거절 않고
너무나도 스스럼없이
몸값 흥정하기도 전에
무심코 그 앞을 지나치던 사람도
새삼 선택의 기로에 서게 된다
저 안의 물살에 잠길 것인가
물 비듬 하나라도 만져 보고 가야만 하는 게 아닐까
주머니에서 몇 장의 지폐가 만져진다면
이제 결정해야 한다
높이 올라앉은 감시카메라에게
유용한 먹이로 낙인찍힐 것인가
손은 필요 없다
한 가닥의 온기마저 거두게 한다
(한 점 꽃잎 지는 소리)
곰삭은 조개젓 냄새
무성한 겨드랑이 털을 보았다면
더 이상 선택의 여지가 없다
자본주의 膣속에 잠겨야 한다

꽃의 무게

정확한 계량에 실패해 넘어온
덤 아닌 덤의 무게

오전 내내 압축 요약해 놓은 짐덩이들
트럭 한가득 싣고 가는 눌린 헌옷가지들

지나치게 멀리 간 생각들
거기에 바쳐진 시간들

Diego Rivera*
꽃바구니에 쟁여진 꽃들

달랑자가드 공항, 발에 밟히는 자갈 소리를 듣는다

* 멕시코의 화가

얼굴로 무언가를 나타내려 하지 말고
브루스, 댄 그리고 다른 이들을 춤추라[*]

그림 없다
사진 없다나
문자도 없다
전시 기간 중, 전시장에서만 퍼포먼스는 진행된다

갤러리 바닥에 한 사람이 움직이고 있다
느린 정지 화면이 끊임없이 계속된다
손이 유난히 작은 여자
손가락 떨림까지 감지된다
앞으로 쏟아진 머리와 주황색 후드,
얼굴은 드러나지 않는다
정지와 움직임 사이,
찰나에 그녀의 머리카락을 쓸어 올려 준다면
당신도 심각하게 작품에 참여하는 셈이다
다른 부스로 넘어가기 전
뒤돌아본다
벽에 머리가 꺾인 타블로[**]

다시 바닥에 머리가 놓인다

* 2010 광주 비엔날레 티노 세갈의 작품명
** 살아 있는 캐릭터의 움직임이 액자 속의 그림처럼 정지된 화면

황사

산수유 꽃잎이 날아간다
흘려보낸 태동이
눈물 자국 없이 바스러진 시간이 날아간다
꿈처럼 멀리서 여의사의 달싹거리는 입술이 지나간다
아이를 낳을 때마다 젖이 빨리 돌라고
사흘 동안 아랫목에서 발효한 막걸리를 먹었었지
틉틉한 슬픔에 젖꼭지가 아려 온다
죽은 아이를 낳고도
돌아서면 뜨거운 피가 살을 찔렀다
산수유 노란 꽃그늘 아래 황구렁이가 스며든다
바짝 마른 공기 입술이 물기 많은 루주를 바른다
엷게 번진 입술이 지워진다
산수유 꽃잎이 날아간다
고비사막, 팔천만 년 만에 모습을 드러낸 공룡 화석
턱뼈에 붙은 이빨이 탐사반원 붓끝에서 떨어져나간다
왼손으로 오른손을 붙잡고 바들바들 그가 떤다
눈물을 훔치며 탐사반원들이 모래를 덮는다
산수유 노란 꽃잎이 그 위를 덮는다

제2부

앤틱 경대

얼굴을 비춰 본다

오른쪽으로 고개를 기울이고 있다
볼이 통통하고 이마가 툭 튀어나온 아이가
수줍게 웃는다

머리를 부풀려
그 사이에 공기층을 두텁게 만든다

호기심과 권태 사이
차곡차곡 쌓여 가는 먼지

웃음을 거두고 묻는다

잡지를 펴놓고
핀셋으로 앞머리를 뽑는다

얼굴이 더 길어진다

양파링

　벤치 앞에 양파링 봉지가 있다 위에서 아래까지 세로로 비스듬히 길게 찢어져 있다 바람에 봉지 안쪽의 은박지가 많게 혹은 적게 드러난다 은박지의 속살에 생채기가 나 있다 밤에 말을 많이 하고 난 아침의 양파가 그렇다 빈약한 내용물이 다 드러나고 봉지에 과자와 함께 채워 넣은 공기처럼 속내를 감싸고 있던 허우대마저 다 까발려지고 난 후,

　미화원이 다녀가지 않은 일요일 아침
　쓰레기봉투에 담긴 뼈다귀들
　고양이가 찢어 놓았나
　오래 뭉근히 끓여 골수 모두 빠져나간 사골
　시간이 사라지고
　시간을 채웠던 분노와 의혹, 슬픔마저 사라지고 난 후
　그 시간의 블랙홀

　늘어놓은 동글동글한 뼈들이 고요하다

stay

염꾼들이 허락했다 만져 보라고 눈을 가만 눌러보았다
오래된 동화는 돌 속에서 더듬더듬 달을 찾고 있었다

눈을 감아봐 그리고 한쪽 눈가를 눌러 봐 이렇게?
뭐가 보여? 달이야, 달, 까만 달 네 영혼이야 사람이
죽으면 이게 먼저 하늘로 간다, 너 그래서 죽은 사람은
눈이 풀리는 거야

어느 날부턴가 눈을 감고 누르지 않아도 오른쪽 눈에
작은 보름달이 떴다 사람도 사물도 작아 보였다 눈물
그렁그렁한 채 나를 향해 묻기도 했다 나는 누구예요?

햄스터의 집

책장이 넘어가고 있었다
흩어진 낱말들을 따라가며
발로 밟았다
길 끝에 서랍이 열려 있었다
샅샅이 길을 뒤져 골라온 물건들이
길을 막고 있었다
뻐꾸기가 울었다
어둠 속을 휘저으며
잊혀 가는 것들 굴속을 헤치고 나왔다
사람들이 왔다
놀라서, 한 사람이
오른쪽 엄지발톱으로 자기 왼쪽 발뒤꿈치를 물었다
다른 사람이 일회용 비닐장갑을 끼고 달려들었다
샛길로 숨어들었다
발자국만 요란했다
새장에는 쳇바퀴가 저 혼자 돌아가고 있었다
물그릇 하나
제 시간을 갉아먹고 있었다

다시
뻐꾸기가 울었다
거칠게 여기저기서 방문이 닫혔다
현관문을 열어젖히고 누군가 들어섰다

하지

북을 찢었다 수선스럽게 소리의 혼령들 박쥐처럼 떠
나가고 그 속에 들어앉았다 무릎에 두 손을 깍지 끼우
고 몸을 구부렸다 기억 속에서 저만치 물이 차오른다
말갛게 창자가 내비치는 새우였으면 나를 통과해 가는
햇살들 푸르러 세상은, 하늘은 늘 그만큼 투명했으면…
뭔가 꼼지락대며 뿌리를 내리고…조금씩 자라…꽃이
피고…허리까지 오는 장화를 신은 사람이 갈고리로 건
져 낸다 소금 한 줌 뿌리고 간다 손이 저려 왔다 눈을
감고 한쪽 눈가를 눌렀다 저쪽 눈가에 형광빛 테를 두
른 검은 달 하나 떠올랐다 너의 영혼이란다 그래서 사
람이 죽으면 눈이 먼저 풀리는 거야 칼집을 열었다 좍,
기대고 있던 북의 얼굴을 그었다 뚝뚝, 핏방울이 들리
고 그 사이로 빠져나왔다 어둠이 나를 삼키기까지 아직
시간이 너무 많이 남았다

송풍기는 강물을 돌리고 있다

천변에는 송풍기가 돌아가고 있다 부로와, 루프벤치
레다, 터보송풍기, 특수 팬, 환풍기, 선풍기…… 철문
위에 달린 커다란 은빛 팬은 돌고 돈다 자동차 바퀴도
빠르게 돈다 테이프를 싣고 가는 리어카의 스피커도 짜
그락거린다 유행가 가사 찐득한 연정까지 얹어 더 짜그
락거린다 껍질뿐인 낱알이 좁고 긴 계단을 내려간다 산
란을 위해 물길을 거슬러 오르던 잉어들의 사투, 오늘
따라 비린내가 진하다 서치라이트처럼 담벽을 훑고 지
나가는 자동차 불빛들 나는 간다 영자야 사랑했다 글자
몇 개 반짝 빛을 내다 흐려져 간다 기타 줄이 끊어진다
바람벽 한쪽이 허물어진다 구두 하나 나동그라진다 몇
발짝 굴러가서 빙글빙글 돌다가 멈춘다 바람이 빠져 짜
부라진 공기 인형 하나 커다란 눈을 뜬 채 하늘만 보고
있다 재두루미들 틈에서 두 마리가 몸을 곧추세우고 날
개를 활짝 벌린다 서둘러 목을 내려뜨린 한 마리, 먹이
를 찾아 겅중겅중 걸어간다 공기인형 동공을 콕콕 쪼아
본다

수련

연못이 넘쳤다

수련 잎들이 숨을 죽였다

벌어진 수련 입이 다물어지면서 연못이 조용해졌다

물질경이가 튀밥처럼 점점이 하얗게 피어났다

물길이 막혀 서서히 가라앉던 종이배도 조금 움직여 갔다

물밑에서 처녀들이 사랑을 다투는 소리도 들려왔다

뿌리가 흔들려 물이 차오른 노파의 무릎이 잘려지고 있었다

보라, 노랑 고무 옷을 입은 인부들이

수련 줄기를 묶어 물가로 데리고 나왔다

연못이 더욱 넓어지고 있었다

수련 알뿌리 근처 돌멩이로 꾹꾹 눌러놓았던 이야기들이

슬금슬금 올라오고 있었다

긴 팔다리를 흐느적거리며 꼭 헤엄치는 것처럼 걷던
너를 보았다

왼쪽 입가에 있던 작은 점이며

통장을 깨서 해 넣은 치열 교정기가 반짝 빛났다

식탁 아래서 흩어진 튀밥을 주워 먹던 사진 속의 아이,

두고 나온 네 아이까지 보았다

늦은 밤, 캄캄한 욕조에 쪼그리고 앉았던 네게서
뽀글뽀글 거품이 피어올라 왔다
연못은 커다란 울림통이 되어 소리들로 메아리치고
있었다
수련의 귀가 점점 커지고 있었다

창고형 할인 마트

무덤 속으로 들어간다
아직 꿈을 꾸고 있는 사람은 입구에서 제지당한다

길을 따라 한참 들어가자
생각의 새 떼들 날아오른다
약간 빠른 템포로, 음악이
아직 희미하게 남아 있는 감성을 자극한다
햇빛이 차단되어
물건들은 스스로 자라지 못한다
제 얼굴을 잃어버려 그림자도 없다
계산된 조명 속에서
앞서거나 뒤쳐지지도 않고
나란히 나란히 손잡고……
손톱이 조금 더 많이 자란 녀석은 추방된다
축축한 어둠에 싸여 한발 먼저 부패되기 때문이다
빈자리는 곧바로 채워진다
녀석들이 사라졌다는 걸 아무도 알지 못한다
카트에는 물건이 쌓인다

익히 아는 얼굴들은 얼굴들대로
새로운 얼굴들은 새로운 얼굴들대로……
정보는 추후에 검색될 것이다
저건 어떨까?
기억의 데이터베이스에는 어떤 느낌도, 기호도 없다
등록하시겠습니까?
뒤에 오던 카트가 옆구리를 들이민다
계산대 앞에 카트를 세운다
물건들이 하나, 둘 분해된다
건너편 계산대에서는 카트에 태우고 다니던 아이까
지 분해된다

멀리, 햇살이 쏟아져 들어오던 입구, 셔터가 내린다

분수

허연 종아리를 담근 채 뭔가를 건져 올리려는, 이번
에는 더 멀리 깊은 곳으로 찌를 던졌다가 그것마저 놓
치고 서둘러 빈손으로 돌아가는,
뒤꼭지가 납작하게 눌려 있는

뜨거운 햇살에 바닥 쩍쩍 갈라지던 때, 그가 고르고
골랐던 머리카락은 이제는 너무 검고 숱도 많다. 온갖
벌레들 한 발짝만 잘못 내딛어도 통째로 먹혀들었던 끈
덕진 포위망. 거미집은 숨아 내기로 했다. 오렌지색 2
호로 코팅을 하고 롤스트레이트 파마를 했다

머리카락 사이로 머뭇머뭇 순한 바람이 지나가고 거
미는 떠나갔다. 탱자나무 울타리 무릎께에 철조망까지
쳤던 옆집 사람이 부신 듯 손을
내밀었다. 눌려진 뒤꼭지를 위해 상량식을 하던 날,
잘 다듬어진 봉분
위에 물고기 서너 마리 놓아두었다

  백일기도 끝에 더듬더듬 말문이 터진, 물길 하나 열
고 내려가 보면 온갖 포즈 끝에 팔을 늘어뜨려 통점 부
근에 겨우 파스를 부치려고 하는, 이제
  다시 물을 채우려는

처소處所

골목을 기다린다

새벽까지 돌아오지 않은 문자를 기다린다

째깍째깍
전기밥솥은 예약된 시간을 걸어가고 있다

벤치에 누워
비행기를 기다리면서
해가 뜨는 걸 지켜본다

신발장에 불이 들어와 있다

현관으로 나간다
전등이 하나, 둘 켜진다
기다리는 신발은 없다

드라마 보는 내내

좌우대칭이 맞지 않는 여배우의 얼굴이 불편했었다
신발장 문짝의 귀를 잘 맞춘다
차례대로 불이 꺼진다

일주일에 한 번, 500cc쯤, 쌀뜨물을 준다
주소 불명의 핸드폰 고지서도 잘게 찢어 준다
오글거리는 쌀벌레들
하마가 꼬리를 흔든다

안시리움* 빨간 꽃대 속에
하마가 웅크리고 있다

* 관상용 열대식물

비눗방울 이벤트

카페 夢 개업식
빨간 점퍼스커트의 도우미가 007 본드걸처럼
바주카포를 쏘아 댄다
비눗방울들을 낳는다
인간의 알들이 몰려든다
비눗방울을 따라 찻길까지 뛰어든다
바람의 알들 속으로 사라진다
빵빵대던 운전자들이 차창을 열고 손을 내민다
갓난아이 머리통만한 비눗방울 하나
반짝, 손끝에서 스러진다, 몇몇은 차 속으로
슬며시 엉덩이를 들이민다, 사라진다
협심증으로 몸속에 풍선 네 개를 달고 사는 그는, 순간,
가슴을 쓸어내린다
부푼 하루해가 서산으로 넘어 간다
무지개 핀 꿈의 빈방들이 있었으나
명왕성처럼 작아져 갔다
이름을 불러본다, 명왕성……
받침 'ㅇ'들이 날아간다, 동물병원에서는

치와와가 제 몸을 막 빠져나온 새끼를 핥고 있다
미끈거리는 生의 거품들을 핥고 있다
카페 夢,
건반이 두 개 빠져 있는 피아노,
'미' 와 '플랫 레' 에 비눗방울이 사뿐히 날아와 앉는다

아베마리아

두 손으로 나팔을 만들어 깊은 어둠을 향해 소리 지른다
웅웅대는 소리는 항아리 여기저기를 훑다가, 손가락
사이로 새어 나온다

마이크에 쏟아붓는다 항아리, 한껏 부풀어 오른 봉우
리 끝에서부터 조금씩 금이 간다 한 겹 또 한 겹 옷을
벗는 소리

빨갛게 부풀어 오른 편도선이 목구멍을 막고 있었다
작은 소리조차도 목구멍을 통과하지 못했다 인두로 지
졌다 부도浮屠 아래 성대를 묻었다

이어폰을 끼고 노래를 듣는다 한 올의 머리카락마저
하얀 천으로 감싸고 신의 제단에 항아리 가득 정적靜寂을
담아 올리는 그녀, 카시니의 '아베마리아' 를 듣는다

눈 사 람 이 녹 는 다

제3부

정오1

어떤 예감과
거부하는 고갯짓과
그 사이를 쉴 새 없이 오가는 머뭇거림 사이

덜거덕거리던 관절은
기어이 부러뜨려져
하얗게 묶인 몸뚱아리
깁스 아래가 가려워
스멀스멀 기어 나오는 집착이 슬퍼
염殮한 몸으로 이대로

사라지는 글자들이 할머니 돌아가시던 날,
그날의 새 떼로 날아오른다

정오2
-굿바이

그녀는 여전히 지껄이고 있었다
소리는 점점 낮아지고 있었다
허공의 별이라도 잡을 것처럼
잠깐, 눈을 크게 떴다
그만큼 더 무겁게 눈꺼풀이 가라앉고 있었다
이곳은 어디인가
출구의 흔적인 양
가장자리에 눌어붙은 거품 자국
과도하게 쏟아부었던
금잔화, 페튜니아들이 앗아가 버린 연분홍 빛깔
입술에 남아 있는 어둠

펜슬로 꼼꼼하게 입술을 물들인다
립스틱을 바른다
입술 중앙에 립글로스를 바른다

정오3

조리사가 유치원 출입문을 열고 나온다

음식물 수거통을 끌고
건물 그림자로 들어선다

난시의 망막을 투과한 햇빛
끝이 약간 말려 올라간 언청이 그림자 속에 들어가
숨을 쉰다

전깃줄 위에서 까치들이 가끔씩 날개를 파닥거린다

한 겹 두 겹 껍질이 벗겨지고
모습을 드러내는 고요의 무게

저온 창고에서 나온 배
어둠 속에서 쥐들의 교미를 지켜본 눈
껍질은 쉽게 상처가 난다

배의 속살이 희다

하얀 사기그릇에 숟가락 부딪는 소리, 들린다

정오4

-100m 달리기

달린다
발목이 사라진다
체육선생이 남으라고 한다
달린다
손발을 휘저어
배운 대로 힘차게 열심히
기록은 갱신되지 않는다
체육선생이 출발선부터 완주 지점까지
캠코더를 들고 뛰었다
포즈만 남고 시계 기능은 지운다

빈 골대에 계속 골을 차 넣고 있는 아이 하나,

정오5
−분꽃

그림자도 자라지 않는 시간, 그를 처음 본 날, 도망치고 싶었다 시간이 지나가면서 작아지고, 쪼그라들고, 딱딱해질 우리 몸은 그에게서는 이미 완료형이었다 그는 작고, 납작 쭈그러져 있었고, 등에 혹까지 달려 있었다 친구들끼리 일렬로 사진을 찍을 때 더욱 도드라져 보이는 그의 하늘은 길었고 조각이 나 있었다 결국, 나는 그를 도망쳐 왔다 주름진 꽃의 시간 너머 바람의 비명 소리가 있었다

정오6
–데칼코마니

무릎이 깨지고 개장국이 엎어진다 저도 놀란 듯, 까만 염소 나를 쳐다본다 텅 빈 눈동자에 꽃잎 날린다 줄을 끌고 저쪽으로 간다 나무둥치에 조금씩 조금씩 줄이 감긴다 목이 조이도록, 흑염소 허공에 발을 내딛는다 안마당의 수국이 고개를 꺾는다

고무줄을 묶는다 그림자도 같이 뛴다 노랫소리가 수국 다발 속으로 빨려 들어간다 아이들은 다 어디로 갔을까 까만 염소 다시 줄을 감고 있다 고향 땅이 여기서 얼마나 되나 머리에 뿔이 돋는다 멈춰 보니 흑염소, 하늘을 쳐다보며 몽글몽글 똥을 내놓는다

정오7

-pale pink

얇은 블라우스 아래 솜털로 덮인 꽃잎을 보았다 볼록
하게 솟은 희뿌얀 살과 거무스름하게 접힌 줄무늬, 꽃
잎 한 장에 다섯 번씩 무늬가 새겨져 있었다 거무스름
하게 패인 곳에 손이 갔다 움푹한 그곳은 자꾸 두드리
면 열릴 것만 같은 문처럼 조바심이 나게 했다 손끝으
로 자꾸 후볐다 손가락에, 배꼽에 빨간 머큐로크롬이
칠해졌다 불량한 것은 매혹적이다 빨간 문을 두드리는
일은 여름 내내, 몰래 계속 되었다 캄캄하지만 풍요롭
고 따뜻하고 고요한 그곳, 꽃방 속으로 옆집 남자 아이
를 데리고 가 어른들 흉내를 냈다 꽃잎의 늪 속으로 걸
어 들어갔다 족두리 잎 뒤에는 나비가 슬어 놓고 간 알
들이 진주처럼 빛나고 있었다

정오8
−거북이는 어디 갔을까

연못 가운데 바위섬까지 갔다 햇볕 좋은 날이면 바위
에 올라와 몸을 말리던 거북이는 어디 갔을까 어젯밤에
가장 크게 울던 별은 지금 어디서 눈두덩을 매만지고
있을까 내 마음 어느 곳, 오래도록 흐르는 물이 있어,
음습해진 어디, 드러내 놓고 말리고 싶었다 물살에 반
들반들 닳아진 돌 몇 개 줍다가 딱딱하게 굳어 있는 거
북이를 보았다 아이들에게도 물려 보지 못한 젖줄을 따
라 거짓말처럼 암세포가 자라고 있었다 가슴을 드러낸
자리에서 자꾸만 물이 나온다고 지금 물 빼러 가는 중
이라고 그녀는 전화를 끊었다

정오9
-바람이 일었다[*]

물살이
꼬리에 꼬리를 물고 달린다
봄날, 누군가불을질렀나보다
뒤꼭지가 납작한 분수
더욱 납작하게 눌려
거칠게 더 멀리 물을 내뿜는다
불이숨쉰다
한 박자 늦게
먼지가 지나간다
불이춤춘다
꽹과리 소리
옆구리가 미어터진 채 뒤뚱뒤뚱 걸어간다
불이미워한다
호수 위를 떠가는 축구공 하나
바람이 지나가는 길을 아는 사람이
그 끝에서 기다리고 있다
불이죽어간다
부표 하나 번쩍 들어올리며

햇살처럼 하얗게 웃고 간다
뜨겁던입술차갑게식어
한숨섞인입김번져간다
벤치 위, 담배 연기 아직 남아 있다

* T.S.엘리엇, 「바람이 네 시에 일었다」

정오10
−바닥이 드러난 연못에서

찰랑대던 물결에 쏟아부었던
사랑의 말들이 모두 드러난다면

그 말을 들었던
물살들 하나하나
줄줄이 엮어져
러브체인이 되어
날 포박하려 든다면

못다 한 내 사랑
끈적한 버드나무 가지로
뼈대 만들고
수련 구근 가까이
숨겨둔 이야기들로 살을 붙여서
뜨거운 시체로 떠오른다면

정오11
-김밥

우리는 오늘도 같은 침대에 눕는다
하얀 솜털 보송보송한 순결한 시트 위에 눕는다

아직도 기억한다
쌀뜨물 같은 새벽녘, 트럭에 실려 갈 적, 친구들의 뿌
연 눈빛을
　거기서 뼈는 공평하게 부서지고 살은 균등하게 짓물
러져 하얗게 표백된 절망과 몸 섞을 때 흥건히 적셔 오
던 피눈물

동그란 내 몸은
　그 안에 색색의 비밀을 간직하고 있던 내 꿈은
　감미로운 유혹에 끌려 뜨거운 팬 속에서 납작하게 달
구어졌다

융통성 없는 내 친구들 김치오가리 속에나 박혀 있을 때
　시대의 미감으로 치장하고 풍광 좋은 곳 다 가고 휘
황한 샹들리에 아래서도 부끄럽지 않고 24시간 편의점

에서 밤잠 안 자고도 끄떡없는, 뽀얀 내 다리

　노지에서 자란 자줏빛 뿌리를 씹으면 달큼하다는 애
와 비교할 때면 속상했지. 그러나, 오늘은 나의 날. 몸
매도 길쭉하게 먼지 하나 없이 매끈하게 길어진 침대에
딱 맞는 사이즈로

　오늘도 우리는 같은 침대에 눕는다
　틈새에 비집고 들어오는 바람을 막기 위해 바다의 비
늘을 꼼꼼하게 벗겨 내고
　칠흑 같은 허리춤도 잘 다독거리며. 가끔 등 돌릴 때
도 있지만 인연의 질긴 다리 휘감고 그렇게 눕는다.

정오12
―소피아, 호루라기, 베고니아

그녀는 호루라기를 분다 때도 시도 없이 호루라기를
분다 나무에게도 꽃에게도 하늘에게도 솥뚜껑에게도
수도꼭지에게도 하루 종일 목에 건 호루라기를 분다 목
소리가 나오지 않던 날, 그녀는 하루 종일 온몸을 부딪
치고 다녔다 입을 꾹 다물고 공처럼 몸을 동그랗게 말
아 방바닥에 벽에 문에 피아노 다리에 의자에 부딪치고
다녔다 소리는 멍이 들고 피가 터지고 후두둑 후두둑
구멍이 뚫리고 눈물바람에 가장자리가 무지러지기도
했다 집이 쩌르륵 쩌르륵 울리고 있었다

그녀는 쪼그리고 앉아 베고니아에게 호루라기를 분
다 삑삑거리며 스스거리며 돌돌거리며 베고니아에게
말을 건넨다 삐삐 주전자 뜨거운 물을 붓는다 독신자
아파트 베란다 빨간 베고니아 꽃잎에서 아지랑이가 피
어오른다 정오의 사이렌이 울린다 연기가 타오른다 신
발들이 흩어진다 호루라기 소리는 거칠게 삑삑거리다
풀여치처럼 스스거린다 가스실의 신음 소리가 들려온
다 베고니아 핏빛으로 물든다 현을 잡아 뜯는다 소피아

의 베고니아 아우슈비츠 오케스트라 바이올리니스트였
던 소피아, 호루라기, 베고니아

제4부

부적1

꽃밭을 지나간다

집안은 고요하다

낼, 모레 결혼할 여자가
어둔 방 하얀 시트 위에서 부항을 뜨고 있다

드러난 허리
작은 유리 단지 속
볼록볼록 솟아오른 살들

약혼자는 옆방 피아노 아래서
수음을 하고

언덕에서 딸기는 빨갛게 익어간다

아이의 손이 철조망에 걸려 있다

작두

그렇게 한없이 달아올랐던 마음을 자른다

음모처럼 뒤엉킨 강물을 자른다

허리가 동강난 풍경 소리
파문이 일고

마당의 꽃들
상장喪章을 달고 노을 속으로 사라진다

나리꽃

아주 오랜만에, 그 사람이 왔다 갔다. 한순간에, 그때의 미친 열기로, 맞이했던 사람. 비난의 빗발은 뜨거운 살점을 뚫고 지나갔다. 불구덩이였던 몸 구석구석, 한 점의 불씨까지 남김없이 거두어 갔다. 주홍빛 살의 춤에 덴 자국만 온 몸뚱아리에 선연했다.

빈 산비탈에, 흑염소 짧고 윤기 나는 털을 쓰다듬고 있는 여인. 허망한 손짓, 흑염소 검은 동공에 빨려 들어가고 있었다.

꽃살문

그가 갔음을 알겠다

바닷물에 몸을 담갔을 때
통증처럼 찔러 오던 뜨거운 요의尿意

어젯밤 꿈에는 그가 왔었다
담담한 내가 이상스러워
그의 팔에 손을 대보았다

물밑 바닥에 누워
겹자를 한 눈으로
감을 수도 없이 본다
사랑이 잘려 나가고
새 살을 이식해서 깁고 있다

물이 왔다가 가고
머뭇머뭇 바람이 왔다가 가고

봄밤

폐경기의 여자가 '詩'를 읊는다

중톳의 여자들이 띄엄띄엄 앉아
하얀 엉덩이를 까고 '쉬'를 한다

그레고리안 성가에서 막 빠져나온 한 쌍의 남녀
검은 실루엣이 유채꽃밭 둔덕 고랑길을 간다
'쉿, 쉿' 구름이 그믐달의 입을 가린다

수줍은 강
달빛에 반들반들 닦인 마루가 훔쳐본다
어쩌다 겉옷만 입고 돌아다니던 여자를

기도원에서 나온
춘자가 수화기에 대고
씨발씨발 욕을 한다
나도 가만가만 따라 해 본다

난시의 여름

바구니에서 수밀도 과육이 눌려 과즙이 조금씩 흘러
나오고 있었다. 마당에 활짝 핀 수국을 따라가다 보면
민들레 홀씨처럼 햇살이 공중에서 흩어져 버렸다. 능소
화 늘어뜨려진 윗집의 담벼락 옆에서 그가 나를 보고
바지를 내렸다. 일몰을 보고 있던 눈은 인화지에서처럼
회색빛으로 어둡다. 조리개가 한 발 늦게 닫히는 사이,
나는 또 다리가 꺾여 복사뼈 같은 자갈돌에 넘어진다.
횟집 수족관 속의 나를 본다. 노래미, 돌돔, 광어가 눈
꺼풀을 뒤집어 보고 간다.

세상물어世上物語

　스무 살, 우리가 몸을 열어 미지의 음핵을 찾아 나섰던 금성장 여관, 사랑이라고 영원히 변치 않을 거라고 키스 마크를 만들었던 행성 비너스, 나는 외로운 별똥별이었고 비릿한 순결 따위는 불꽃의 꼬리뼈에 던져버렸다

　금성에는 LG Telecom 기지국이 들어섰다 마음을 좀 열어 보세요 내가 그렇게 싫어요 뜬금없이 찍히는 문자메시지 아무려면 어때, 밥통을 양팔로 단단히 붙잡고 밥 먹어본 적 있어 행여 궤도를 이탈하여 우주 만 리 구만 리 장천을 떠도는 미아가 될까 밥통에 코를 박고 제 살 물어뜯은 적 있어 2mm로 살을 잘라 꼭 음핵 크기만 한 씨도 군데군데 박아 켜켜이 설탕을 뿌려 만든 유자차, 그러고 보니 저기다 두고 왔네, 가게, 世上物語, LG telecom 옆

무화과나무

손발이 너무 커 젊었을 적엔 자꾸 움츠리곤 했지. 부
풀대로 부풀어 버린 젖가슴도 치맛말기로 꽁꽁 동여매
곤 했지. 꽃은 피우지 못해도 좋았지. 풍채 당당한 나무
들 앞에 세워 두고 내 자리는 늘 응달진 담벼락 옆. 해
지고 달 차 오르면 몸속 깊은 곳에서 새 나오는 울음소
리, 잠 청하러 온 도둑고양이 살가운 눈빛으로 달래 주
었지. 얼마나 지나서였을까, 말없이 집 나간 도둑고양
이 새끼 세 마리 끌고 돌아온 것은. 널따란 손바닥 더
활짝 펴서 금줄을 쳐줬지. 바람처럼 사내 하나 깃들다
떠나고 눈물 마를 새도 없이 알알이 푸른 결실 맺었지.
주인집 막내 딸내미 손등에 난 사마귀, 뽀얗게 우러난
내 젖으로 잠재웠지. 매실만큼 자라난 내 새끼들, 세 끼
먹이기에도 부족했지만. 그래도 아이들은 잘 자라 주었
지. 날 빼닮아 거친 실핏줄 하나하나 남김없이 드러내
며 단내 나는 입술 당당하게 햇살 앞에 내밀고 있지.

검은 발목의 시간

그는 자신의 편자를 한껏 달구었다
벌겋게 활활 타오르고 있는 그것을
내 발에 맞춰 끼웠다
다 그런 거라고
냉소 속에서 열망은 차갑게 식어 가고
하나, 둘 못이 박혀 가는 걸
망치 소리로 알 수 있었다
가끔
짐이 너무 무겁다고 느껴질 때
웅덩이에 고여 있는 물을 마시다가, 문득
얼굴을 마주할 때
생각한다
내 편자는 또 어느 발에 끼워졌을까
구부러진 길 저쪽
말방울 울리며 가고 있을까
질퍽질퍽한 땅 어디쯤
발자국 하나 새겨져
이따금 거기 비 내리고
조금씩 물이 넘쳐 날까

the day after

그것은 두려움 때문일 것이다
아이보리색 니트 풀린 올 하나가
일주일 이상 옷을 들었다 놨다 하게 하는 것은
행여 옷을 입다 풀린 올 하나가 또 하나를 붙들고
다른 하나가 또 다른 하나를 붙들어 투두둑 줄줄이
올이 풀려나가지 않을까
손뜨개를 해 본 지도 오래돼서 코바늘도 없고
가슴 언저리 눈에 띄는 곳이라
대충 바늘로 얽어맬 수도 없고
니트를 구입한 가게도 멀고
물건을 가져간대도
수선하느라 본사까지 올라갔다 오려면
이 봄은 후딱 가버릴 것이고
무엇보다 그날 저녁의 충동구매와
벌집삼겹살과 소주 한 병과 취중진담과
그리고 란제리룩을 유행시킨 중경의 습한 바람과
그 이후의 행적에 대하여 뭐라고 할 것인가
순결한 니트 풀린 올 하나가 점점 확대되어 온다

심한 난시로 군데군데 올이 풀려 뻗친다
불붙인 타이어다
차력사가 불타는 고리를 통과한다
TV를 끈다

여자[*]

주황의 아름다움은 끝이 났다
우둘투둘한 몸피하며 쩍 벌어진 몸매
달다고 받아먹었지만
종자를 감싸고 있는 과육의 미끄덩한 느낌은
몸이 받아들이지 못했다
토사물을 보며 에일리언을 생각했다
위액까지 토해내는 걸 보며
고모는 눈을 흘겼다

엄마 허벅지에 누워 까무룩히 잠이 들고 있었다
눈물 콧물 섞어 가며
고모는 시앗 얘기를 하고 있었다
뾰족하게 틀어진 얼굴이며
눈을 샐쭉이는 모습이며
식구들과 한군데도 닮은 데가 없는 사촌이
그녀가 낳은 씨앗인가 싶었다
알들은, 미끌미끌한 점액질로 덮여 있어
다른 것과 잘 섞이지 못하는가

날달걀과 멸치를 비벼 놓은 밥을 먹으면서
다시 속이 거북해졌다

* 여주의 사투리. 박과의 한해살이풀

겨울나무

이제야 알겠네
그녀의 눈길을
짧은 순간 집요하게 얽혀 들던 불길을
몇몇은 감방 문으로 들어서고
몇몇은 높다란 담장에 기대어 해바라기를 하는 사이,
교도관을 사이에 두고
허공을 뻗어 와 뺨을 만지던 손길을
아가, 볼이 텄구나
떨리던 목소리를

호루라기가 울고
작은 바람이 일고
이내 텅 비던 눈매를
겨울나무 한 그루
푸른 수의 벗고 걸어가던 것을
간간이 눈발 날려
그 뒤를 따르던 것을
그녀가 어떤 이력을 가졌는지

세상의 관심은 접어 두어도 좋은 것을
이제야 알겠네

분홍빛 담장

왼쪽 컴프레서가 안 되잖아. 네? 되는데요. 오른쪽
말고. 되는데요. 그 선이 아니잖아. 오른쪽 왼쪽도 몰
라. 네? 선이 엉켰나 봐 봐. 네? 되는데요. 너는 눈을 어
디다 두고 있는 거야. 거기 말고 저기라고 하시잖아

웅얼거림과 날선 독설 사이
사각사각 결막을 자르는 소리

꼭 뿌리가 뻗어 나오는 거 같아요. 만화 속에서처럼.
포도를 씨까지 너무 많이 먹어서 포도나무가 된 사람
요. 벽에 기대 물구나무를 서고 있는데 눈에서부터 뿌
리가 뻗어 나오더라구요.

날개를 잘라낸다 이식한 결막으로 담을 쌓는다 날개
가 자라 동공으로 침투하는 걸 원천적으로 막는다고 했
다 자외선을 조심하세요

날개를 꿈꾸었다. 어둠 속에서만. 눈 속에서 그 씨앗

이 자라는 걸 몰랐다. 안대를 하고 더듬더듬 길을 걷는
다. 날개와 뿌리는 거리가 너무 멀다. 허공을 계속 헤맨
다

충혈된 결막과 뭔 일 있어? 팔짱을 끼고 생뚱맞게 쳐
다보고 있는 하얀 결막 사이, 장님이 있다 코끼리처럼
고집스럽게 서서 날개가 뻗쳐 나오는 걸 막고 있다 그
의 땀은 분홍빛이다

생일

축하 메시지가 쏟아진다 할인 쿠폰이 쏟아진다 쿠션 자국으로 왼쪽 볼 반쪽이 얽은 여자가 벌집에서 나온다 왼쪽 눈 가장자리 햇살처럼 뻗어 간 주름 골, 포레의 자장가가 꼼꼼히 메운다 부지런한 어머니의 흔들리는 뱃속, 눈만 끔벅거리고 있는 태아를 본다 왼쪽 다리가 조금 짧고 오른쪽 달팽이관이 20도 기울어져 있다 코스피 1500이 무너졌다 주식은 반 토막이 났고 채무자는 시폰스커트를 나풀거리며 사라졌다 은행에서 독촉 전화가 온다 엘비라 마디건의 테마 음악이 따라다닌다 왼쪽 눈꺼풀이 파르르 떨려온다 약사는 마그네슘이 부족하다며 약을 건넨다 쎄투(이게 다예요), c'est tout(이게 다예요)? 액세서리 수레와 부딪힌다 부딪히고, 넘어지고, 깨지고, 까지고…… 상처투성이 무릎 둥지에 쭉정이 하나를 보탠다 장미석 반지를 산다 구체 관절 인형의 검지 세 번째 마디에 은반지를 보탠다 구절초 꽃받침에 앉아 비릿한 향기를 빨아 대는 벌의 날갯짓을 듣는다 기억들의 난잡한 애무와 바로크적 장식들의 혼음, 자서전은 더 이상 읽지 않는다

제5부

토르소

장물 하나 던져져 있다
아이들이 재잘대며
집에 돌아올 때쯤
빨갛게 핏발 선 눈을 부비며
햇살을 훔쳐보는 꽃밭 귀퉁이

어젯밤
검붉은 재킷을 입은 늑대 한 마리
잡아 온 먹이 중에서
입맛에 맞는 대로
머리 뎅겅 자르고
팔다리 비명 지를 새도 없이 분질러 버리고
희고 커다란 가슴만 남겨둔
젖꼭지 모두 함몰되어
생명 하나 키워 본 적 없는.

옹기의 아가미

남자의 파자마를 입고 쿵쿵대던 암컷의 시간이 있었
다 음부를 만지던 손으로 머릿속을 휘저어 그 냄새가
머리카락까지 뽑아 갔다고, 후각이 이성을 되찾는 동
안, 옹기 화분 속에서 흙도 차츰 돌이 되어갔을 것이다
모종삽을 대는 순간, 옹기가 쩍 갈라졌어요 새 발자국
무수히 난 흙은 돌이 되지 않아요 분갈이를 하고 물을
준다 울컥울컥, 눈매가 떼꾼한 화분이 맨드라미처럼 빨
갛고 긴 아가미로 숨을 쉰다 부풀린 머릿속, 앙증맞게
숨어 있는 공터에서 몸을 날리다 깨진 앞니를 때웠다
햇빛에서 보면 땜방의 흔적이 그대로 드러나는 것들.
코끝에 올려놓은 실리콘 물그림자에도 돌가루들이 어
룽대고 있다 장마철 무장무장 내려앉은 문의 어깨도 조
금 들어 올린다 바람의 뒷발길질로 바닥을 긁던 파열음
도 잠시 멎는다 리모델링에 한참인 여자, 집안의 내력
인 함몰 유두가 허방일 뿐이라고, 여자는 믿고 싶었다

남천*

이모는 예쁘다
발그레한 볼이
다방에 들어서면서 더욱 은은해졌다
따뜻한 우유를 마시면서 다 본다
탁자 아래로 뻗어 가는 손과
보이지 않는 실로 기워진 두 외투 자락
이모는 도둑놈 같은 저 사람이 좋을까
뿌연 유리창에 물음표를 새긴다
하나, 둘 눈송이 날려
물음표를 두드리다 사라진다
아가씨가 와서 커튼을 친다
다방은 한층 더 비밀스러워진다
탁자 아래 두 손은 꼬옥 물려져 있다
엄마한테 일러야 되나
창가,
남천들 족두리처럼 빨간 구슬 흔들고 있다

* 매자나무과의 상록관목. 잎은 딱딱하고 깃 모양 겹잎이다. 6~7월에 작
  고 흰 꽃이 피고 가을에 둥근 열매가 빨갛게 익는다.

그날의 인어공주

벗어봐, 벗어봐, 못 벗지 그녀는 몸에 걸친 것 모두
벗었다 아무 소리도 입 밖으로 새 나오지 않았다 목젖
이 천장에 붙어 버렸다 볼록렌즈에 모아진 햇빛 한 점,
한 점, 한 점들

쇼윈도 밖에서 한 아이가 쳐다보고 있다 인조 속눈썹
을 가만히 떠본다 책상 서랍 속의 바비 인형처럼 아이
의 눈은 더 커다래지고 동공 속에서 본다 4B연필이 와
트만지를 갉아먹는 소리, 사각 사각 사각

몸이 뜨거워지면 목소리가 한 톤 올라가고 내내 지껄
여대는 아이를 사랑했다 그 아이의 달뜬 목소리를 보듬
어 안으면 온몸이 심하게 떨려 왔었다 다 보일 것이다
자동차들 진동 때문이라고 우기고 싶은, 핏줄 드러난
몸뚱아리 그 사이의 유리창 햇빛, 햇빛, 눈빛

메니에르*

벽감을 파기 시작했다
꽃밭이었다
꽃들이 창살 문양처럼 선명하게 떠올랐다
벌 떼처럼 달려들었다
벌침으로 날카롭게 찔러 댔다
정교한 꽃부리 속의 낭떠러지로 같이 떨어지자고
어깨를 붙들고 흔들어 댔다
춤판이었다
한복 긴 화장과 긴 치마, 짧게 짧게 끊어 놓는 햇살
치마 속으로 들어간 녀석들은 치마를 한껏 부풀려 놓고
뺑 터질지도 몰라 치마가 튀밥처럼 산산조각 흩어질지
도 몰라 방도 조각이 났어 앞 치맛자락을 자꾸만 밟아
내려오는 치맛자락 드러나는 허리춤 깔깔거리는 웃음
소리, 웃음소리 코티분이 쏟아지고 날렵한 버선 끝에서
흩어지던 꽃들, 구름들, 별들

꽃밭이었다
4월, 아득한 꽃의 춤판이었다

* 속귀에 발생하는 질환. 난청, 현기증, 이명 등의 증상이 있다

명왕성 꽃밭

사골국도 고아내고
청국장 콩도 삶아 내던
마당 한쪽 화덕에서는 물이 끓고 있다
스텐 주전자에 뜨거운 물을 담아
마당의 풀을 죽인다
꽃밭과 마당의 경계, 회양목 발목에
닿지 않게 조심조심 물을 붓는다
뜨거운 물에 잡초들이 오그라진다
아지랑이 속에서 어른거리는 눈망울들,
뿌리 깊은 녀석들은 그래도 죽지 않는다
고개를 꼿꼿이 든 잡초와의 무한대결이
물의 기미를 찾아 무장하게 뿌리를 내린
초록에의 무서움이
거칠게 호미질을 하게 한다

볕에 탄다 그만해라

모래에 묻어 둔 잎사귀,

조로에 물을 담아 뿌려 주면
방울방울 물방울을 안고 바라보던 동백
내 키만큼 자라 외계인을 보고 있다

간지를 훔치다

책 한 권에는
앞쪽 2장, 뒤쪽 2장, 총 4장의 간지가 있다
양심 있게 한 장의 간지만을 훔치기로 한다
치밀하게 간지를 고른다
관계망을 잘 살펴야 한다
이웃한 페이지와
입매 한쪽이 비틀어져 있는가
입을 앙 다물고 마주보고 있는가
폭 넓은 바짓가랑이가 엉거주춤 걸쳐져 있는가
이웃과 소소하고 관계가 틀어져 있는 쪽이
간지를 떼기엔 더 수월하다
하지만
질 좋은 간지를 훔치고 싶은 도둑에겐
위험을 무릅쓸 각오가 필요하다
끈끈한 관계망을 요절내기로 한다
우선 깍지 낀 손은 피해 간다
보이지 않는 실로 기워진 허리 부분은 무시하고 자른다
책상보 아래서 꼼지락 장난치고 있는 발은

과감하게 방향을 선회해서 발목 부분을 가로로 자른다
눈물 있는 것들의 절정을 동강 내야만 킬러가 될 수 있다
도서관 귀퉁이 어둑한 서가 한쪽에서
무협지 앉은뱅이 무녀의 말을 따른다
가로세로 반듯하게 잘라 놓고 보니
우편엽서 크기로 축소되었다
펄 블루블랙의 폼 나는 간지가 완성됐다
간지를 들고 북쪽 거실로 간다
소파 뒤쪽 콜라주 한 부분이 채워진다

자정의 텔레비전

천 원에 여덟 개,
검은 비닐봉지 속의 귤과 함께 텔레비전을 본다
시간이 흐르면서
공기는 달착지근하게 부드러워지고
은연중에 그 말랑한 향기의 어깨에 손을 얹는다
검지와 중지로 둥근 어깨뼈를 만지던 기억이 가뭇하다
하루 동안의 거래내역서
말의 대차대조표 등을 띄엄띄엄 얹어
텔레비전을 본다
빠르게 혹은 터무니없이 느리게 화면이 지나가고
사랑할 수 없었던 사람,
잘못했으나 기어이 우기고 했던 일,
눈석임물로 지저분해진 분리대를 넘어선 시간 등등
리모컨을 이리저리 돌리는 동안
숟가락이 서서히 변색되고 있다
심야영화 화면 위로
소파 위에서 나누었던 체위가 홈질이 되고
돌아누운 등 뒤로 터진 실밥이 보이고

비보호좌회전을 하고 있는 자동차
삐죽삐죽 고개를 내밀다
몸통을 들이미는 순간,
유리 조각들이 쏟아진다
물기 젖은 꽃 이파리들이 눈길을 거둔다
씨앗처럼 흩어진 유리 조각들을 모아
지금은 들어낸, 자궁이 있던 자리에 채워 넣는다
한낮 햇살 받은 금잔화처럼
낯꽃이 아름다운 그, 그녀

화성 식료품

식료품 가게에는
맨드라미 빛 호수가 있다
가게 아주머니는 매일 그 호수 속으로 들어간다
기쁨과 슬픔, 씁쓸함과 고소함의 어족들이
수련잎 뒤 어둠 속에 숨어 있다
두부 한 모 사러 나온 손님에게
아주머니는 소금에 절인 배추 잎을 건넨다
초겨울 저녁을 나서다
그믐달에 마음을 베인 내가
힘겹게 문지방을 넘어
말라붙은 핏빛의 시트 위에 기꺼이 눕는다
고춧가루, 파, 마늘, 생강
파란 하늘 한 스푼
어렸을 적 김장 담그던 날의 이야기 몇 소절도 함께
버무려지는 동안,
퇴근길 자동차들도
붉은 호숫가를 기웃거린다
생각이 오래 머물러 주름진 자리,

아주머니는 고명을 넣는다
여덟 개의 구멍을 틀어막고
마지막 눈까지 힘껏 온갖 물고기를 집어넣는다
콩나물 주세요
가물가물 들려오는 저 세상 소리
팔을 뚝 분질러 건넨다 어때유?
한 번 주면 정 없다는데,
다른 팔을 마저 분질러 이번에는 깨까지 묻혀 건넨다
간이 맞남유?

스트라이프

사내가 게시판의 신문을 보고 있다
자줏빛 선명한 스트라이프가 냉방기의 스트라이프와
겹친다
12쌍의 갈비뼈와
난방기의 열선과
겨울을 지냈던 지하철 환기구의 스트라이프가 겹친다
금전출납부의 가로줄과
그 위에 지뢰처럼 폭발하는 침묵의 강요,
지렁이나 물고 오는 손목의 부끄러움이 겹친다
햇볕에 변색된 블라인드 너머
여자는 도시락, 남자는 라면
젊은 남녀가 사이좋게 합체해서 점심을 먹는다
식사 후 요가를 한다고 남자가 여자에게 동작을 가르친다
저것들!
암수의 동작은 다 그것의 상징이다, 해도
사람 없는 틈을 타
10원짜리 동전을 차례차례 넣고
사내가 공중전화를 건다

툰드라에는, 고래 뼈로 기둥을 세우고
바다코끼리 가죽으로 지붕을 엮은 집에
사내가 두 팔로 보듬었던 여자가 살고 있다
돈궤의 뚜껑이 닫히면서 노랗게 멍이 든 팔뚝으로
열람실 책상 밑에 단물 빠진 아카시아 껌을 붙인다
차례로 세어 보니 세 번째, 오늘은 수요일,
『열관리 기능사』 책을 펼친다
블라인드에서 급속도로 물기가 빠져나간다
사내처럼 오른쪽 손목이 바삭바삭 바스러지고 있다
파리 한 마리, 사내 얼굴의 스트라이프 위에 앉는다

폭설

1

  그는 떠나고 없었다 눈발은 점점 굵어지고 있었다 가
로등 아래서 내내 눈발을 바라보고 있었다 하얀 불빛
아래서 눈발이 까맣게 타 들어가고 있었다 석탄 가루들
이 부딪치며 춤을 추고 있었다 아직 연기 가시지 않은
불의 뼈들이 혼을 빼고 있었다 눈은 계속 쌓이고 있었
다 이렇게 수천 년, 수만 년 동안 눈이 쌓여 얼면 빙하
가 되겠지 눈이 얼던 때의 공기마저 얼음 속에 갇힌다
고 했던가 한숨 소리와 바람 소리마저 공기주머니 속에
갇힌다고 했던가 눈 속에 그를 묻었다, 얼음 속에, 빙하
의 기포 속에

2

  두꺼운 솜이불 속으로 그가 숨어들었다 그를 찾아 헤
맨 얘기는 하지 않았다 어디에 있었는지 무얼 하고 있
었는지도 묻지 않았다 얼음장 같은 손으로 내 뜨거운

젖가슴을 만지며 그는 말없이 눈물을 흘리고 있었다 바
람에 실려 온 눈 더미에 덮여 크레바스가 감쪽같이 사
라지던 TV 화면이 떠올랐다

나비를 위한 알리바이[*]

기상나팔 소리에 관물함 달력이 오늘을 지운다. 말년 병장이 집에 갈 날짜를 묻는다. 확인 사살이다. 이병 돌아서며 입술을 깨문다. 초소의 해피는 세배 째 네 마리 새끼를 낳았다. 새끼들을 보다 매복에 나서면 물그림자 위로 대가리들이 떠다니는 것 같아 오줌을 지린다. 겹겹의 파도, 일곱 겹의 바지, 순서 없이 재질에 따라 꾸덕꾸덕 마른다.

포구에서 잔챙이들을 양신 먹고 온 갈매기는 몸이 무거워 잘 날지 못한다. 일요일, 심심한 부대원들이 벽 끝까지 몰아댄다. 비로소 날개를 퍼득거리는 녀석, 끝내 날개를 펴지 못하고 드럼통에 빠져 죽은 녀석…… 챙이 짧고 산이 높은 페도라에 폭을 한껏 부풀린 치마를 입은 페루 여인이 왔다. 배부른 해안선으로 내일이면 지울 아이를 담고 애인이 왔다 갔다.

3천만 년 만에 모습을 드러낸 누란의 미녀. 구멍이란 구멍은 죄다 뚫려 바람이 자유롭게 왕래한다. 몸통을 감싸고 길게 늘어진 옷자락 사이로, 솜털 하나 움직임까지 꿰뚫을 듯한 시스루의 주름 사이사이로, 굴욕의 눈 먼 유충들이 드글거린다. 수류탄 안전핀을 뽑아 TV 속 미녀에게 던진다. 옷자락 사이에서 나비가 날아오른다. 공기 중에 범선처럼 떠다닌다.

* 김경욱 소설 제목에서 차용.

분해의 변증법

박수연 문학평론가

최미정의 시를 서정시의 전형이라고 말할 수는 없을 것이다. 그러나 그의 시가 서정시의 한 가지 핵심을 아주 잘 드러낸다고 말할 수는 있다. 서정시가 개인의 목소리를 전면화하는 동시에 미적 직관이 일어나는 순간을 강렬하게 드러내는 언어라면, 최미정의 시는 내용상으로도 형식상으로도 그 모습에 잘 들어맞는다. 언어들은 사물들 개별체의 모습을 부감하고, 아무리 다소곳한 언어라도 그것이 환기하는 직관은 감전과도 같이 오는 법이어서, 미적 직관들의 강렬성을 끝내 전달해 주기

때문이다. 어떤 전형과도 같은 시적 연유를 통해 최미
정의 시편들에서 자주 마주치게 되는 것은 개별화된 존
재들과 그것의 소음이다. 개별화된 존재들은 각자 스스
로를 주장하고 그 주장들은 자주 소음의 상태에 도달한
다. 가령, 이삿짐으로 분주한 장소에서 시의 화자가 신
발을 내려다보는 한 장면이 있다. “나는 위에서 신발을
내려다보는데/저는 아래에서 나를 올려다본다”(「안과
밖」)는 대목이 그렇다. ‘신발’은 단순히 관찰 대상으로
그치는 수동적 사물이 아니다. 시에서 전개되는 상황에
는 대상적 사물이 능동적 사물로 바뀌어 가는 순간들의
모습이 있다. 이삿짐이 분주하게 옮겨지고 있을 집 안
풍경과 함께 안과 밖이 뒤섞이고(“안방에서, 신발을 신
고, 점심을 먹는다”), 그 뒤섞임 못지않게 위와 아래가
뒤집히는데, 화자와 신발의 관계도 그렇게 뒤섞인 것들
중 하나이다. 이 뒤집음이 세계를 바라보는 시인들의
심미적 태도와 연결될 것이다. 이미 주어진 질서를 뒤
집어 놓는 시선이 그것이라면, 이 심미적 태도를 드러
내는 모든 시는 주어진 현실을 뒤집어 놓으려는 의도의
산물이라고도 할 수 있다. 최미정의 시에 그 언어 사용
방식이 많다는 것은 「안과 밖」이 시사 하는 바가 역시
많다는 사실을 뜻한다. 가장 개인적인 영역(“마지막 섹

스")에서부터 남루하고("실밥이 터진 채 색이 바랜") 혼
란스러우며("스텝이 엉킨 댄서") 텅 빈("짐이 다 나가
고") 삶의 영역 전체에 걸쳐 그것은 그럴 것이다. 시인
이 이삿짐이 나간 집 현관 앞에서 습관처럼 신발을 벗
고 맨발인 채로 세상으로 나가는 것은 그 혼란과 뒤집
음의 삶 전체를 묘사하는 것이기도 하다.

　이때 혼란과 뒤집음은 심미적인 태도로만 이해될 수
있는 것이 아니다. 혼란과 뒤집음은 그것 자체로 세계
가 존재하는 방식을 표상하는 것이다. 그 세계의 불안
감에 대한 원초적 기억이 있다.

　　　한밤중, 누군가 문을 두드렸다
　　　창밖은 붉게 물들어 있었다
　　　구멍 난 창호지 사이로
　　　뜨거운 불빛 하나 뻗어 왔다
　　　아버지는 열쇠 꾸러미를 들고 나가셨다
　　　이불 속에 나란히 발을 묻고
　　　식구들은 회벽에 기대어 앉았다
　　　밤은 길었다

－ 「동백」 부분

이 시적 장면에는 한국문학의 많은 유사한 사례들이 있다. 깊은 밤, 주인이 누구인지 알 수 없는 불빛이 쏟아지고 아버지가 나간다. 한국전쟁과 특히 많이 관련되었던, 이유도 결과도 알 수 없는 이 한밤중의 사건은 역사적으로나 개인적으로나 불길한 이미지로 자리 잡혀 있다. 「동백」에서도 그것은 예외가 아니어서, 아버지는 캄캄한 어둠 속으로 사라지고 가족들은 한밤의 적막 속에 남겨진다. 이것이 개인적 연유인지 이념적 갈등 때문인지 독자들은 알 수 없다. 다만, 어린 아이의 시선에 포착된 아버지의 외출과 부재가 있을 뿐인데, 이와 관련되어 있을 침입과 강요 그리고 수난과 부재의 의미들이 한밤의 사건을 채워 놓는다. "그을음"으로 무엇인가를 태워 버리는 행위를 상상하게 만든 후 시적 사건들이 최종적으로 도달하는 장면이 그래서 인상적이다. 그을음 냄새와 함께 돌아온 "아버지는 화단에 고운 모래를 깔고/열을 지어 동백 잎사귀를 묻"는다. 매장 행위는 분명히 대상을 애도하는 행위다. 매장된 것은 더 이상 숨 쉬지 못할 것이고 소리 내지 못할 것이다. 그런데, 그 애도를 단지 무의미의 시간들로 가라앉지 않도록 이끄는 것은 또한 그 애도 행위를 치르는 인간들이다. 이때 애도는 단순한 매장일 뿐만 아니라 그 대상의 의미를 확산시키는 행위이기도 한데, 이 확산 때문에 불모의 영역에서 신생의 영역으로 옮겨가는 일이 인간의 삶일 수밖에 없다. 이 오랜 죽음과 재생의 뒤엉킴이야말로 또한 오래된 시적 주제이다.

산수유 꽃잎이 날아간다
흘려보낸 태동이
눈물 자국 없이 바스러진 시간이 날아간다
꿈처럼 멀리서 여의사의 달싹거리는 입술이 지나간다
아이를 낳을 때마다 젖이 빨리 돌라고
사흘 동안 아랫목에서 발효한 막걸리를 먹었지
틉틉한 슬픔에 젖꼭지가 아려온다
죽은 아이를 낳고도
돌아서면 뜨거운 피가 살을 찔렀다
산수유 노란 꽃그늘 아래 황구렁이가 스며든다
바짝 마른 공기 입술이 물기 많은 루주를 바른다
엷게 번진 입술이 지워진다
산수유 꽃잎이 날아간다
고비사막, 팔천만 년 만에 모습을 드러낸 공룡 화석
턱뼈에 붙은 이빨이 탐사반원 붓끝에서 떨어져나간

다

> 왼손으로 오른손을 붙잡고 바들바들 그가 떤다
> 눈물을 훔치며 탐사반원들이 모래를 덮는다
> 산수유 노란 꽃잎이 그 위를 덮는다

—「황사」전문

시가 알려 주는 정보는 '죽은 아이를 낳았다는 것'이다. 이보다 더한 슬픔이 없을 상태에서도 시인의 피는 뜨겁고 시적 정황은 미학적이다. 이 미학적 태도의 표현이 즉각적 감정을 승화시킴으로써 가능한 것이라면, 그 승화 이후 또 다른 존재들로 재생하는 일이란 '죽은 아이'의 비극에 대한 환유적 순환이라고 할 수 있다. 순환되는 시적 대상들은 산수유 꽃잎, 태동, 바스러진 시간, 여의사의 입술, 젖꼭지, 황구렁이, 공룡 화석 턱뼈에 붙은 이빨이다. 왜 이 시적 대상들이 등장하는가에 대한 설명을 찾을 수는 없다. 시는, 시의 대상들이 마치 애초에 그럴 수밖에 없다는 듯이, 대상들을 제시하고 결합시킬 뿐이다, '날아간다, 지나간다, 아려온다, 스며든다, 지워진다'고 행위 묘사되는 그 대상들의 결합을 통해 독자들은 불모의 존재와 오랜 시간의 마모, 그리고 그럼에도 끝내 산수유 꽃잎에 덮이는 세계의 이해 못할 아름다운 비극을 해석해야 한다. 시에 신생의 의미가 드리워지는 것이 바로 이때이다. 시의 구조를 다시 보자. 시는 산수유에서 시작하여 산수유로 끝난다. "산수유 꽃잎이 날아간다"로 1행이 시작되고, 그 산수유 꽃잎과 함께 '흘려보낸 태동, 바스러진 시간, 달싹거리는 입술'이 함께 날아간다. 동반되는 이미지들은 밝고 행복한 삶의 순간들로부터 멀리 떨어진 의미를 수반하고 있다. '틉틉한 슬픔의 젖꼭지'와 '죽은 아이'에 의해 그 이유가 주어질 절망적 삶이 그것이다. 첫 번째 "산수유 꽃잎이 날아간다"가 동반하는 진술의 부정적 이미지가 개인적 체험에 기반한다면 두 번째 "산수유 꽃잎이 날아간다"는 그 개인적 체험을 광대한 시공간으로 확장해 가는 문턱이다. 고비사막이 있고, 화석이 있으며, 모래가 있다. "팔천만 년"은 헤아릴 수 없는 존재들과 공간이 그곳에 있었고 있을 것임을 압축하는 단어이다. 무수히 많은 사물과 사건들이 시간 속에서 탄생하고 소멸할 것이다. 더구나 그 사건이 개인의 비극에 관계된 것일 경우, 개인의 생애 전체가 탄생하고 소멸하는 일은 아주 적은 비중을 차지하는 것이지만, 그 사소함이 팔천만 년에 포괄됨으로써 오히려 인간 전체의 사건으로 확장되는 결과를 가져오는 것이다.

두 번째 "산수유 꽃잎이 날아간다"라는 진술이 '문턱'
인 것은 이전의 절망과 이후의 보편이 집약되고 확장되
는 위치에 그것이 놓여 있기 때문이다. 그것이 '문턱'
인 이유는 또 있다. 그것은 위치상으로만 양편에 걸치
는 것이 아니다. 그 진술은 삶의 어둠과 삶의 진실을 개
인적인 것과 보편적인 것으로 압축해서 한데 모아 놓는
의미론적 문턱이기도 하다. '고비사막, 팔천만 년, 공
룡 화석, 모래'는 오랜 시간의 풍화를 버티며 존재해
온 사물들을 영원의 세계로 의미화하는 요소들이다. 개
인의 삶은 비극이지만, 인류의 삶이 유사한 길을 걸어
갈 때, 그 비극은 더 이상 비극이 아니라 진리가 된다.
산수유 꽃잎이 더 이상 날아가지 않고 고비사막의 팔천
만 년을 간직한 화석 위로 내려앉는 것은 그 때문이다.
　삶의 재생은 소멸되거나 죽음을 통과하는 존재 바로
그것으로 되돌아가는 것이 아니다. 신생은 하나의 죽음
이 자신의 존재론적 의미론적 경계를 넘어 다른 존재로
되살아나는 것이다. 옅은 노랑의 산수유 꽃잎이 불모의
사막을 덮으며 내려앉을 때, 그것은 처음에 하나의 구체
적 형상이었으되 팔천만 년의 시간을 거치면서 한줌보다
도 작아진 모래알과 만나는 것이어서, 결국은 사막 전체
의 무게를 감당하는 사건이 된다. 다시 말해 세상의 모든

존재를 거느리는 땅으로 산수유 꽃잎은 내려앉는 것이
다. 시인이 그 모든 존재를 구체화하는 방식은 이렇다.

밥수레 뒤에 긴 복도가 따라간다
시커먼 벽에 그림자놀이 하듯
잡채의 김이 앞서거니 뒤서거니
병사 둘을 따라간다
공기 뚜껑만큼 백반증이 드러난 병사가
밥을 가지고 온다
하얀 연두부에 양념장이 선명하다
창 너머 간호장교 서넛 깔깔거리고 간다
뒷걸음치다 출입금지 저지대를
엉덩이로 들이받는다
덜그덕 쾅, 까르르 까르르
빡빡머리 수두 환자 물집에 발라 놓은
칼라민 로션이 잘게 부서져 날린다
분홍빛 춘설春雪 은분분
늙은 뱀의 의심 많은 눈꺼풀이 닫혔다 열린다
경비병이 몇 걸음 앞서 나온다
목련이 서둘러 꽃잎을 연다

– 「목련」 전문

시에 나타난 움직임을 밝고 경쾌하게 만드는 것은 제 스스로 동작의 주인이 되어 부딪치고 소리 내는 사물들이다. 그 사물들은 차례대로 밥수레, 복도, 잡채, 병사, 연두부, 양념장, 간호장교, 수두환자, 칼라민 로션, 춘설, 늙은 뱀, 경비병, 목련이다. 시집의 제목이 '목련'이고 시의 종결행이 "목련이 서둘러 꽃잎을 연다"이므로 시의 주제는 '목련이 꽃피기까지의 세계의 협화음' 정도가 될 것이다. 그런데, 최종적인 의미로 나아가는 과정에 동원되는 소재들은 단일한 주제로 위계화되지 않는다. 사물들과 인물들은 제각각의 자리에서 제 스스로의 역할에 충실할 뿐이다. 그렇다고 그것들이 주제와 무관한 것도 아니다. 사물들은 각자 자유롭게 제자리를 지키면서 동등한 관계의 놀이에 집중하고 있다. 서로가 서로에게 수런대는 삶이라고 해도 될 것이다. 밥수레와 복도가 함께 걷는 복도에 밥을 든 병사가 나타나고, 간호장교와 환자가 경쾌한 일상을 날려 보내는 와중에 춘설이 흩날리듯이 목련이 피어나는데, 바로 이것이 신생의 삶을 처리하는 시인의 방식이다. 요컨대 위계화의 질서 안에 구속되지 않되 난분분의 흐름 속에서 질서를 찾는 것이 세계의 생명들인 셈이다.

세계의 모든 존재를 구체화하는 방식이 이와 같다면,

그 모든 존재를 거느린 채 고비사막이 산수유 꽃잎에 덮일 때, 그것은 결국 한 줌 모래처럼 사소해졌으나 세상의 모든 비밀을 안고 있는 땅으로 생명의 꽃잎이 내려앉는 것이라고 해야 한다. 이때의 사막은, 죽어서 평등해졌으되 재생의 과정을 거쳐 개별적 차이를 실현하게 될 존재들의 모태이다. 그런데, 그 실현이란, 그것이 감당할 수 있는 최대치의 실감을 보여 주기 위해서는 언제나 현재형일 수밖에 없다. 사물들은 바로 지금, 껌벅이는 눈앞에서, 숨 쉬며 살아나는 것들이다. 지금 막 움트는 바로 이 신생의 세계를 표현하는 언어가 시인 특유의 현재 진행형 종결어미 "~ㄴ다"이다. 최미정의 시적 정조가 크게 어둠과 경쾌함의 두 가지로 대비될 수 있다면 우선, 시집의 도처에서 언제나 튀어나오는 이 현재형 종결어미의 힘을 마주할 때 독자들의 반응 한 가지가 나타난다. 첫째는 「목련」과 같은 계열의 시다. 존재들은 맑고 경쾌한 힘들로 솟아올라 행복한 결말에 도달한다. 이 계열의 시가 어떤 해학에 도달한 곳에서 독자들은 문득 「봄밤」의 저 소탈한 "씨발씨발"을 만나게 되는 것이다. 이때 이 세계의 의미 불가능성을 드러내면서도 그것을 가볍게 수긍하면서 뛰어넘는 「비눗방울 이벤트」같은 시가 나온다. 언어들은 전형적인

환유적 미끄러짐을 보여주는데, 이 미끄러지는 언어들
은 그 자체로 시의 주제이기도 하다. 비눗방울을 소재
로 하기 때문인데, 이 점은 곧 시인의 섬세한 언어구성
법을 알려 주는 것이기도 하다.

둘째는 경쾌함이 아니라 비극의 비극성에 집중하는
자세다. 최미정 시의 본격적 면모를 보여주는 작품들은
아무래도 이 둘째 경향의 시이다. 시집의 서시 「안과
밖」은 그것의 첫째 작품이지만, 이 비극성을 벤야민의
비극 이론과 연결시킬 때 우리는 시인의 시적 심층에
도달할 수도 있을 것이다.

북을 찢었다 수선스럽게 소리의 혼령들 박쥐처럼
떠나가고 그 속에 들어앉았다 무릎에 두 손을 깍지 끼
우고 몸을 구부렸다 기억 속에서 저만치 물이 차오른
다 말갛게 창자가 내비치는 새우였으면 나를 통과해
가는 햇살들 푸르러 세상은, 하늘은 늘 그만큼 투명했
으면… 뭔가 꼼지락대며 뿌리를 내리고…조금씩 자
라…꽃이 피고…허리까지 오는 장화를 신은 사람이
갈고리로 건져낸다 소금 한 줌 뿌리고 간다 손이 저려
왔다 눈을 감고 한쪽 눈가를 눌렀다 저쪽 눈가에 형광
빛 테를 두른 검은 달 하나 떠올랐다 너의 영혼이란다

그래서 사람이 죽으면 눈이 먼저 풀리는 거야 칼집을
열었다 쫙, 기대고 있던 북의 얼굴을 그었다 뚝뚝, 핏
방울이 들리고 그 사이로 빠져 나왔다 어둠이 나를 삼
키기까지 아직 시간이 너무 많이 남았다

―「하지」 전문

시는 '나'와 '너'의 대립적 의미 영역을 통해 구성된
다. '나―투명한 햇살의 푸르른 세상'과 '너―검은 달의
죽음 세상'이 그 대립적 세계이다. 그런데 시는 그 세
계를 투명한 이항 대립으로 분할하지 않는다. 대립은
분명하지만 그것들은 모종의 피와 죽음에 의해 선점된
세계다. 정확히 말하면 죽음의 이미지로 분칠된 어떤
영역이 그곳에 있다. 북을 찢고 그래서 소리가 사라진
다. 무음의 적막 안에서 화자가 웅크려 있다. 화자는 맑
은 세상처럼 투명해지고 싶지만, 탁한 소금 속으로 쓰
러져 갈 뿐이다. 그리고 그때 죽음과도 같은 너의 영혼
이 떠오른다. 다시 북이 그어지고 핏방울이 듣는다. 시
가 "어둠이 나를 삼키기까지 아직 시간이 너무 많이 남
았다"고 마무리되는 것은 그러므로 희망인가 아니면
불행인가.

이 시는 뜨거운 하지의 시간을 선명하게 이미지화한

수작이지만, 저 해체의 삶을 자연적 생물성으로서의 그
것과 함께 역사적으로 읽어내기 위해서는 「창고형 할
인마트」나 「송풍기는 강물을 돌리고 있다」를 함께 읽어
보아야 할 것이다.

　　기억의 데이터베이스에는 어떤 느낌도, 기호도 없

다

　　등록하시겠습니까?
　　뒤에 오던 카트가 옆구리를 들이민다
　　계산대 앞에 카트를 세운다
　　물건들이 하나, 둘 분해된다
　　건너편 계산대에서는 카트에 태우고 다니던 아이까

지 분해된다

　　멀리 햇살이 쏟아져 들어오던 입구, 셔터가 내린다
　　　　　　　　　　　　　　　－「창고형 할인 마트」 부분

　　물건들은 물론 아이들마저 분해하는 원동력은 자본
주의적 화폐다. 독자들은 시를 보면서 상품에 대한 욕
망이 아니라 그 상품을 분해하는 자본의 욕망을 중지시
키려는 욕망을 읽는다. 이것이 알레고리의 힘이라면,

다음과 같은 시도 있다.

나는 간다 영자야 사랑했다 글자 몇 개 반짝 빛을
내다 흐려져 간다 기타줄이 끊어진다 바람벽 한쪽이
허물어진다 구두 하나 나동그라진다 몇 발짝 굴러가
서 빙글빙글 돌다가 멈춘다 바람이 빠져 짜부라진 공
기 인형 하나 커다란 눈을 뜬 채 하늘만 보고 있다 재
두루미들 틈에서 두 마리가 몸을 곧추세우고 날개를
활짝 벌린다 서둘러 목을 내려뜨린 한 마리, 먹이를
찾아 겅중겅중 걸어간다 공기인형 동공을 콕콕 쪼아
본다

– 「송풍기는 강물을 돌리고 있다」 부분

최미정의 시에서 압도적으로 나타나는 이미지의 현
상은 분해되는 사물들이다. 이 해체적 이미지가 의미의
불가능성으로 이어지는 것을 해체주의라고 부른다면,
최미정의 시를 거기에 속한다고 할 수는 없다. 그의 시
는 차라리 분해되고 분산되어 비극적 형상으로 떠도는
현실의 알레고리라고 해야 할 것이다. 그의 시는 이를
테면 의미의 불가능성이 아니라 의미의 현상을 현실의
양상 그 자체로 드러내는 것이다. 그것은 벤야민의 알

레고리와도 같은 것이다.

모든 것이 분해되는 현실 속에서 그 분해의 최고치를 이루는 것은 하나의 사물들이 명사로만 남는 것이다. 동사가 일정한 관계의 역동성을 전제한다면 명사는 그 관계가 단절된 존재 자체의 면모를 전제한다. 그래서 다음과 같은 시는 그 분해된 관계-벤야민은 관계의 정지라고 썼을 것이다-의 정점을 보여준다.

그녀는 쪼그리고 앉아 베고니아에게 호루라기를 분다 삑삑거리며 스스거리며 돌돌거리며 베고니아에게 말을 건넨다 삐삐 주전자 뜨거운 물을 붓는다 독신자 아파트 빨간 베고니아 꽃잎에서 아지랑이가 피어오른다 정오의 사이렌이 울린다 연기가 타오른다 신발들이 흩어진다 호루라기 소리는 거칠게 삑삑거리다 풀여치처럼 스스거린다 가스실의 신음 소리가 들려온다 베고니아 핏빛으로 물든다 현을 잡아 뜯는다 소피아의 베고니아 아우슈비츠 오케스트라 바이올리니스트였던 소피아, 호루라기, 베고니아

－「정오12 －소피아, 호루라기, 베고니아」 부분

끝까지 남는 것은 '소피아' '호루라기' '베고니아'

다. 모든 관계들이 사라진 후, 이 정점은 그러나 분해 자체로 끝나는 것이 아니다. 분해되어 관계를 중지시킨 존재들은 그 중지로써 인식론적으로는 새로운 관계 구성을 꿈꾸는 것이고 정치적으로는 새 세상을 통한 해방을 꿈꾸는 것이다. 그것이 벤야민이 말하는 '공시적 정지의 변증법'이다. 두 사물은 그것이 관계없거나 극단적으로 반대될지라도 세계의 역사 속에서 동등한 힘으로 맞물려 있는 것이다. 그렇기 때문에 그 맞물림의 긴장을 통해 세계는 예상치 못한 새로움으로 거듭날 수 있게 된다. 이런 의미에서 분해의 현상학을 보여주는 최미정의 시 전체가 우리 현실에 대한 알레고리일지도 모른다. 벤야민의 변증법적 알레고리를 생각해 볼 수 있다. 그의 시에는 자연적인 것과 인공적인 것의 대립도 있고, 자본주의와 반자본주의의 대립도 있다. 시인의 시적 상상에 자주 나타나는 여성적 신체 혹은 성적 상상은 시인이 동시에 보여주는 자연의 사물들과 동격을 이루는 것들이다. 이에 비해 자본주의의 비인간적 면모에 대한 묘사는 그 반대편을 구성하는 것들이다. 시집 2부의 '정오' 연작은 또한 그 시적 주제의 알레고리 그 자체인데, 이런 의미에서 그의 시는 현실의 데칼코마니 자체다.

　최미정은 그것을 분명히 인식하고 있는 시인이다. 그의 시집의 마침표를 찍고 있는 마지막 시 「나비를 위한 알리바이」는 그렇게 분해된 현실의 저 종착점에서 무슨 일이 일어나고 있는지를 잘 보여준다. 그것은 세계의 자유로 풀려 나갈 존재들의 어떤 형상을 묘사한다. 그것들은 고비사막의 모래가 되어 산수유 꽃잎에 덮여 버릴 존재들일 수도 있다. 시체가 있고 구더기가 있으며 파괴가 있다. 무릇 종착점이란 그런 것이다. 그 종착점이 스스로의 파괴를 실현하지 않을 때 새 세상이란 없을 것이기 때문이다. 세계의 죽음과 시체로써 대변되는 종착점이 아니라면 현실의 알레고리를 구성하는 시적 상상이 도달할 곳이 도대체 어디란 말인가. 바로 이것이 최미정의 시와 시적 사유를 우리가 오래 기다리며 읽어 보아야 하는 이유이다. 이 이유는 다음 시집에서도 그 다음 시집에서도 마찬가지일 것이다. 나는 그렇게 믿는다.

최미정

1960년 전남 순천에서 태어나 전남대학교 불문과 및 동 대학원을 졸업했다. 2009년『문학들』신인상으로 등단했다

e-mail | choimj2001@hanmail.net

문학들 시선 023

검은 발목의 시간

초판1쇄 찍은 날 | 2013년 8월 24일
초판1쇄 펴낸 날 | 2013년 9월 1일

지은이 | 최미정
펴낸이 | 송광룡
펴낸곳 | 문학들
등록 | 2005년 8월 24일 제2005 1-2호
주소 | 501-841 광주광역시 동구 천변우로 487(학동)2층
전화 | 062-651-6968
팩스 | 062-651-9690
전자우편 | munhakdle@hanmail.net